TOMÁS Y LA SEÑORA DE LA BIBLIOTECA

POR PAT MORA • ILUSTRACIONES DE RAUL COLÓN

DRAGONFLY BOOKS — NEW YORK

Text and translation copyright © 1997 by Pat Mora
Cover art and interior illustrations copyright © 1997 by Raul Colón

All rights reserved. Published in the United States by Dragonfly Books, an imprint of
Random House Children's Books, a division of Random House, Inc., New York. Originally published
in hardcover in the United States by Alfred A. Knopf, an imprint of
Random House Children's Books, a division of Random House, Inc., New York, in 1997.

Dragonfly Books with the colophon is a registered trademark of Random House, Inc.

The photograph of Tomás Rivera, from the Tomás Rivera Archive, is reproduced with the permission
of the Special Collections Department, Rivera Library, University of California, Riverside.

Visit us on the Web! www.randomhouse.com/kids

Educators and librarians, for a variety of teaching tools, visit us at www.randomhouse.com/teachers

The Library of Congress has cataloged the hardcover edition of this work as follows:
Mora, Pat.
[Tomás and the library lady. Spanish]
Tomás y la señora de la biblioteca / por Pat Mora ; ilustraciones por Raul Colón ; traducido por Pat Mora.—1st ed.
p.   cm.
Summary: While helping his family in their work as migrant laborers far from their home,
Tomás finds an entire world to explore in the books at the public library.
ISBN 978-0-679-84173-9 (Span. pbk.) — ISBN 978-0-679-94173-6 (Span. lib. bdg.) —
ISBN 978-0-679-80401-7 (English trade) — ISBN 978-0-679-90401-4 (English lib. bdg.) —
[1. Books and reading—Fiction. 2. Libraries—Fiction. 3. Migrant labor—Fiction.
4. Mexican Americans—Fiction. 5. Spanish language materials.]
I. Colón, Raul, ill. II. Mora, Pat. III. Title.
PZ73.M639 1997
[E]—dc21
97004280

ISBN 978-0-375-80349-9 (pbk.)

MANUFACTURED IN CHINA

18   17   16   15   14   13   12   11   10   9

En memoria de Tomás Rivera, quien amó los libros, y para los bibliotecarios y bibliotecarias que nos inculcan el amor por los libros
—P. M.

Para Sylvia y Carl
—R. C.

Era medianoche. La luz de la luna llena acompañaba la vieja y cansada camioneta. Tomás también estaba cansado y tenía calor. Echaba de menos su camita y su casa en Tejas.

Tomás iba con su familia otra vez a Iowa. Su mamá y su papá eran campesinos. Cosechaban fruta y verdura para los agricultores de Tejas en el invierno y para los agricultores de Iowa en el verano. Año tras año viajaban, *traca, traca, traca,* en su camioneta vieja.

—Mamá —murmuró Tomás—, si tuviera un vaso de agua fría, me lo tomaría a grandes tragos. Chuparía el hielo. Dejaría caer las últimas gotitas de agua sobre mi cara.

Tomás se puso contento cuando la camioneta, por fin, se paró. Ayudó a su abuelo, papá grande, a bajarse. Luego, les dio las buenas noches a papá, mamá, papá grande y a su hermanito, Enrique. Se acurrucó en el catre, en la pequeña casa que su familia compartía con otros trabajadores.

Temprano, a la mañana
siguiente, mamá y papá fueron
a cosechar maíz en el campo.
Trabajaron todo el día bajo el
fuerte sol. Tomás y Enrique les
llevaron agua. Luego, los niños
jugaron con la pelota que mamá
les había hecho de un viejo osito
de peluche.

Cuando sintieron calor, se sentaron debajo de un árbol con papá grande.

—Cuéntanos del hombre del bosque —dijo Tomás.

A Tomás le gustaba oír a papá grande contar cuentos en español. Papá grande era el mejor cuentista de la familia.

—En un tiempo pasado —comenzó papá grande—, en una noche tempestuosa, un hombre iba a caballo por el bosque. El viento aullaba, *uuuuuuuu*, y las hojas revoloteaban, *shsh, shsh*.

—De repente, el hombre sintió que lo agarraban. No podía moverse. Tenía tanto miedo que ni siquiera podía voltear la cabeza. Toda la noche quiso escaparse, pero no pudo.

—Cómo aullaba el viento, *uuuuuuuu*. Cómo revoloteaban las hojas y cómo le castañeteaban los dientes al hombre.

—Por fin, salió el sol. Poco a poquito, el hombre volteó la cabeza. ¿Y quién crees que lo tenía agarrado?

Tomás se sonrió y dijo: —Un árbol espinoso.

Papá grande se rió: —Tomás, ya conoces todos mis cuentos —dijo papá grande—. Pero en la biblioteca hay muchos más. Ya eres grande y puedes ir solo. Así nos podrás enseñar nuevos cuentos.

A la mañana siguiente, Tomás caminó al centro. Vio la biblioteca grande. Las altas ventanas eran como unos ojos enormes que lo miraban. Tomás le dio varias vueltas al edificio. Vio a los niños que salían con libros. Poco a poquito, Tomás empezó a subir los escalones. Los contó en español: uno, dos, tres, cuatro ...Sentía la boca llena de algodón.

Tomás se paró frente a la puerta de la biblioteca. Pegó la cara al cristal para mirar adentro. ¡La biblioteca era inmensa!

Sintió una mano en el hombro. Tomás brincó. Una señora alta lo miraba.

—Es un día caluroso —le dijo ella en inglés. La señora hablaba solamente inglés—. Entra y toma un poco de agua. ¿Cómo te llamas? —le preguntó la señora.

—Tomás —contestó él.

—Ven, Tomás —le dijo la señora.

Adentro estaba fresco. Tomás nunca había visto tantos libros. La señora lo miraba.

—Ven —le dijo ella, y lo llevó a una fuente de agua—. Primero, toma agua. Luego, te traeré unos libros a esta mesa. ¿Sobre qué te gustaría leer?

—Sobre tigres y dinosaurios —dijo Tomás.

Tomás bebió el agua fría. Miró el techo alto. Miró todos los libros alrededor del cuarto. Miró a la señora escoger unos libros de los estantes y traerlos a la mesa.

—Esta silla es para ti, Tomás —dijo la señora. Tomás se sentó y con mucho cuidado, escogió uno de los libros y lo abrió.

Tomás vio dinosaurios que
doblaban los cuellos largos para
poder beber agua cristalina. Oyó
los gritos de los pájaros culebra.
Sintió el tibio cuello del dinosaurio
y se agarró bien fuerte para ir de
paseo. Tomás se olvidó de la señora
de la biblioteca. Se olvidó de Iowa
y de Tejas.

—Tomás, Tomás —dijo la señora en voz baja. Tomás miró a su alrededor. La biblioteca estaba vacía. El sol ya se ponía. La señora miró a Tomás por un tiempo y al fin dijo:

—Tomás, ¿te gustaría llevarte dos libros a tu casa? Los sacaré prestados a mi nombre.

Tomás salió de la biblioteca abrazando sus libros. Se fue corriendo a la casa, deseoso de mostrarle los cuentos nuevos a su familia.

Papá grande miró los libros de la biblioteca. —Léeme uno —le pidió a Tomás. Primero, Tomás le enseñó los dibujos. Le señaló un tigre. —¡Qué tigre tan grande! —dijo Tomás en español y luego en inglés: *What a big tiger!*

—Léeme en inglés —dijo papá grande. Tomás le leyó acerca de los ojos del tigre, que brillan de noche en la selva. Rugió como un tigre grandote. Papá, mamá y Enrique comenzaron a reírse. Se acercaron y se sentaron junto a Tomás para oír el cuento.

A veces, Tomás iba con sus papás al basurero, a buscar
pedazos de hierro para vender en el pueblo. Enrique buscaba
juguetes, y Tomás, libros. Luego, los tendía al sol para quitarles
el mal olor.

Durante todo el verano, siempre que podía, Tomás iba a la biblioteca. La señora de la biblioteca le decía: —Primero, toma un poco de agua fresca y luego, te doy unos libros nuevos, Tomás.

Si no había mucha gente, la señora le decía: —Ven a mi escritorio y léeme un libro, Tomás. —Luego le decía—: Por favor, enséñame algunas palabras en español.

Tomás se sonreía. Le gustaba ser el maestro. La señora señaló un libro.

—*Book,* libro —le dijo Tomás.

—Libro —repitió ella.

—Pájaro —dijo Tomás, batiendo los brazos como alas. La señora se rió. —Pájaro —dijo ella: *bird.*

Los días en que la señora estaba ocupada, Tomás se sentaba solo a leer. Miraba los dibujos por mucho tiempo. Olía el humo de un campamento de indios. Montado en un caballo negro, cruzaba el desierto caliente y polvoriento. Y en las noches, les leía los cuentos a mamá, papá, papá grande y a Enrique.

Una tarde de agosto, Tomás llevó a papá grande a la biblioteca.

—Buenas tardes, señor —le dijo la señora de la biblioteca. Tomás se sonrió. Él le había enseñado a decir "Buenas tardes, señor", en español.

—Buenas tardes, señora —dijo papá grande.

—Hoy vengo a enseñarle una palabra triste. La palabra es adiós —le dijo Tomás en voz baja.

Tomás tenía que volver a Tejas. Iba a echar de menos este lugar tranquilo, el agua fresca, los libros lisos y relucientes. Iba a echar de menos a la señora de la biblioteca.

—Mi mamá le manda esto para darle las gracias —dijo Tomás ofreciéndole un pequeño paquete—. Es pan dulce. Mi mamá hace el mejor pan dulce de Tejas.

—Qué amable. De veras, qué amable —dijo la señora—. Gracias. Y le dio a Tomás un fuerte abrazo.

Esa noche viajaron, *traca,
traca, traca,* otra vez en la vieja
y cansada camioneta. Tomás
abrazaba su libro nuevo, regalo
de la señora de la biblioteca.
Papá grande se sonrió y dijo:
—Más cuentos para el nuevo
cuentista.

Tomás cerró los ojos. Vio los dinosaurios de tiempos atrás bebiendo agua fresca. Oyó los gritos de los pájaros culebra. Sintió el cuello tibio del dinosaurio y se agarró bien fuerte para el dificultoso viaje.

Nota biográfica

Tomás Rivera nació en Crystal City, Tejas, en 1935. Un trabajador migratorio, que valoraba al máximo la educación, el Dr. Rivera llegó a ser escritor, profesor, administrador de una universidad y un líder en el campo de la educación. Cuando murió en 1984, era rector de la Universidad de California en Riverside. La biblioteca de dicha universidad lleva el nombre de aquel niño que llegó a amar los libros gracias a una bibliotecaria de Iowa.